"인생은 12쪽부터"

"인상은 121쪽부터"

따라서 웃다 보면

행복해지는 책

이중주 지음

오늘

자신이 얼마나 괜찮은 사람인지 그 자신만 모를 때가 있다.

자기를 아는 사람만이 진정한 삶을 누릴 수 있다.

우리를 결정하는 것은 우리의 마음가짐이다.

무엇을 보고, 느끼고, 생각하느냐에 따라 한 사람의 운명은 물론, 그 사람의 인생 지도가 완성된다. 나는 지금 어느 위치에 서 있을까. 긍정의 습관 하나만 습득한다 해도 우리는 좀 더 나은 내일을 보장받게 된다.

어렵고 힘든 시기일수록 밝은 생각과 유머는 우리에게 가장 강력한 무기일 수 있다. 밝고 긍정적인 사고를 하는 사람을 그렇지 못한 사람이 이길 수 없다. 아무리 고학력자라 해도 마음의 근육을 살찌운 사람을 이길 방도는 없기 때문이다.

지금 어두운 쪽을 계속 걸어가고 있는 사람은 밝은 쪽이 점차 가까워 온다는 사실을 잊어서는 안 된다. 강물이 그렇듯이 빛도 멈추지 않고 계속해서 흐르고 있기 때문이다.

2021년 3월

이중주

10~119쪽

1. 간혹 내가 두더지처럼 느껴질 때가 있다.

2. 이대로 살아도 괜찮을까?

3. 아무도 나한테 웃어주지 않는 날은

4. 왠지 우울해진다.

5. 사람들의 밝은 모습이 가식처럼 느껴지고

6. 크게 웃으면 이상해 보이기까지 한다.

7. 혹시 내가 잘못된 걸까?

8. 별로 잘못된 것 같진 않은데

9. 기분이 몹시 나쁘다.

10. 솔직히 말하면, 그냥 화가 나고

11. 아무 말도 하고 싶지 않다.

12. 어떻게 해도 컨디션은 좋아지지 않는다.

13. 내 속에서 뭔가가 꿈틀거릴 때면

14. 누군가에게 화를 내기도 한다.

15. 모든 게 마음에 들지 않으니까.

16. 난 언제부터 이렇게 되었을까.

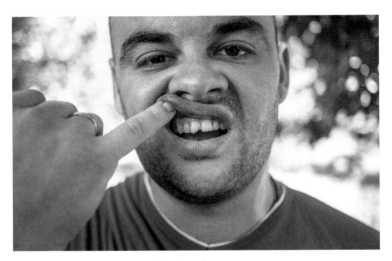

17. 웃으려고 해도 잘 되지 않는데,

18. 심각한 걸까?

19. 점점 입을 닫게 되고

20. 누가 건드리기만 해도

21. 폭발할 것만 같다.

22. 그러다가 갑자기 멍해진다. 내가 왜 이럴까.

23. 어릴 적부터 그랬을까?

24. 청년이 되거나

25. 중년이 되거나

26. 노년이 될 때까지 이런 삶이 계속될까?

27. 모두가 적인 것만 같은 세상,

28. 모두에게 덤비고 싶은 것이 내 주특기다.

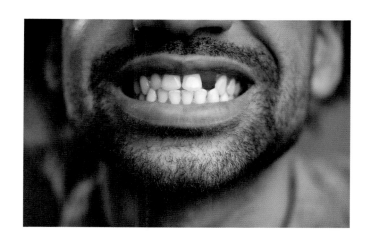

29. 눈치 챘을지 모르지만, 속으로만 울분이 쌓인다.

30. 간혹 조금 화가 풀리는 날이 있긴 하다.

31. 남에게 인정을 받은 날이다.

32. 하지만 그런 일은 지금까지 불과 몇 번 되지 않았다.

33. 나머지는 대부분 지독히도 안 풀린다.

34. 모두가 앞서가는데 나만 뒤처진 것 같다.

35. 아무리 힘을 내보려고 해도

36. 번번이 깨지는 일상,

37. 모두가 나를 조롱하는 듯하다.

38. 내일에 대한 두려움과 공포,

39. 막막하기만 한 미래,

40. 아무것도 이룬 것이 없고

41. 재주도 실력도 없다.

42. 남들은 힘을 내라고 하지만,
    막상 뭘 어떻게 해야 할지 모르겠다.

43. 이러다가 내 인생은 어떻게 될까.

44. 생각이 꼬리에 꼬리를 무는 날들,

45. 아니, 그마저도 이젠 놓아 버렸다고 할까.

46. 그냥 다 포기하고만 싶다.

47. 무기력이 더 지치게도 한다.

48. 도대체 나란 인간은 뭘까.

49. 어디서부터 잘못된 것일까.

50. 더는 버틸 힘이 없다.

51. 이제 더 무엇을 기다려야 하는지…….

52. 이렇게 가다가는

53. 미쳐 버리거나

54. 내일이 존재하지 않을 수도 있다.

55. 정말 이대로 끝나고 마는 건가.

122~231쪽

1. 나도 두더지처럼 어두운 시절이 있었다.

2. 햇빛이 싫어서 얼굴을 가리고 다녔다.

3. 지금은 개구쟁이가 되어 간다.

4. 안 먹어도 배가 부른 건 왜일까.

5. 왠지 내가 자랑스럽고

6. 가장 크게 웃는 사람이 되었다.

7. 누가 못생겼다고 하면 그냥 웃는다.

8. 내가 최고인 것 같으니까.

9. 기분이 좋지 않은 날은 별로 없다.

10. 그럴 기미가 보이면 무조건 밖으로 나간다.

11. 이 세상은 사실은 놀이터일 수도 있다.

12. 꼭 돈이 있어야 즐거운 건 아니다.

13. 하나의 꿈만 간직하고 있으면

14. 기적은 수없이 일어난다.

15. 비용도 들지 않는다.

16. 햇살 한 줌으로도 충분하니까.

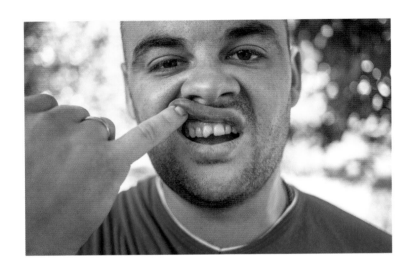

17. 웃음 한 조각으로도 만족스러울 수 있다.

18. 건강한 정신이 있다면 더 좋다.

19. 재미있는 것은 도처에 깔려 있다.

20. 커피 한 잔으로도 하루는 쾌적해진다.

21. 규칙적인 생활로 어느 정도 자신이 생기고

22. 부지런하면 금상첨화다.

23. 만나는 사람들에게 인사하면 좋다.

24. 아주 조금만 칭찬해도

25. 없던 힘이 생긴다.

26. 너그러운 마음이야말로 큰 부자다.

27. 작은 선물로도 세상은 따뜻해진다.

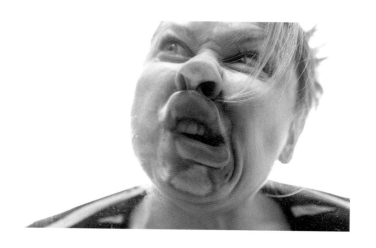

28. 때론 예기치 못한 일이 닥칠 때도 있지만

29. 참다 보면 따뜻한 날이 온다.

30. 어느새 웃는 사람이 되어 있고

31. 사랑 받는 사람이 되어 있다.

32. 포근한 세상도 만나게 된다.

33. 한 번의 생각이나 실천이 삶의 빛깔을 다르게
만드는 것이다.

34. 벅찬 내일을 꿈꾸게도 한다.

35. 나도 그다지 잘난 사람은 아니다.

36. 하지만 마음속에 착한 고래 한 마리는 키우고 있다.

37. 이건 비밀이다, 하하.

38. 그래서 힘이 난다.

39. 와우, 그 비밀 괜찮다.

40. 날마다 해가 뜨고 단비도 내린다면 믿을 수 있을까.

41. 당신도 그렇게 될 수 있다.

42. 정말, 진짜다!

43. 감히 내가 제안하고 싶다.

44. 그냥 한번 얼굴을 펴보라고,

45. 그럼 마음도 밝아질 거라고.

46. 꽃 한 송이에 환하게 미소 지을 수 있다면

47. 인생은 더 이룰 것 없이 그것으로 충분하다고.

48. 하루가 뿌듯해지고

49. 내일을 기대하며 살게 된다고······.

50. 모든 힘겨움은 더 좋은 날을 위한 준비과정일 뿐이다.

51. '오늘'은 나를 새롭게 발견하는 첫날이라는 뜻,

52. 그러니 그동안 방치했던 나를 감싸고
    용서를 구해 보자. 미안해.

53. 내 마음이 원하는 대로

54. 오늘 이 순간을 누리자. 즐기는 사람이 승자인 것,

55. 살아있는 것만으로
당신은 멋지다. 파이팅!
지금 이 글을 읽는 당신, 최고다.

인생은 121쪽부터

1쇄 인쇄 2021년 3월 20일 | **1쇄 발행** 2021년 3월 25일

지은이 이중주 | **펴낸이** 최효원 | **펴낸곳** (주)도서출판 오늘

출판등록 1980년 5월 8일 제2012-000082호

주소 서울시 영등포구 선유서로 15, 209호 | **전화** (02)719-2811(대) | **팩스** (02)712-7392

홈페이지 http://www.on-publications.com | **이메일** oneull@hanmail.net

ISBN 978-89-355-0565-4 03810